El autobús mág...
Vuelve a despegar

W9-BJL-074

Vuela con el viento

Scholastic Inc.

Arnoldo Dorotea Wanda Carlos

Rita Rafa Jyoti Tim

Originally published in English as
The Magic School Bus Rides Again: Blowing in the Wind

Translated by María Antonia Cabrera Arús

© 2018 by Scholastic Inc. Based on the television series The Magic School Bus: Rides Again © 2017 MSB Productions, Inc. Based on The Magic School Bus® book series © Joanna Cole and Bruce Degen. All rights reserved.

ISBN 978-1-338-32971-1

10 9 8 7 6 5 4 3 2 1   19 20 21 22 23
Printed in the U.S.A.   40

First Spanish printing 2019
Book design by Jessica Meltzer

¡**C**onoce a la Srta. Rizos!

La Srta. Rizos no es una maestra de ciencias común y corriente. Lleva a su clase de excursión a lugares increíbles.

Viajan en un autobús mágico que hace piruetas y da volteretas y puede ir a cualquier parte.

¿Adónde los llevará hoy?

Los alumnos de la Srta. Rizos ensayan la obra de teatro *Los tres cerditos*. Rita es la directora y todos trabajan en la construcción del **escenario**.

Rita quiere que todo luzca tan real como sea posible.

—La casa de ladrillos tiene que resistir los soplidos del lobo cuando trate de derribarla —dice.

—Pero, ¿cómo vamos a construir una casa tan resistente? —pregunta Rafa.

—¡Hagamos una excursión! —exclama Rita.

—Sabía que diría eso —bromea Rafa.

—¡Al autobús mágico! —exclama la Srta. Rizos.

—¡Autobús, haz lo tuyo! —dice la maestra.

El autobús hace piruetas y da volteretas.
Aterriza en la cima de una montaña en
medio de un resplandor mágico.

—Si vamos a construir una casa, necesitamos ladrillos —dice Rita.

—Entonces, ¿por qué estamos en la cima de una montaña? —pregunta Jyoti.

—Es una sorpresa —dice la Srta. Rizos.

La maestra presiona un botón y ¡PUF!
El autobús se transforma en una máquina
de hacer ladrillos.

—¿Cómo hizo eso? —pregunta Jyoti.

—¡Es magia! Disfrútala —dice la Srta. Rizos.

—Si utilizamos ladrillos pesados,
nada podrá derribar la casa —dice Rita.

—Qué buena idea —dice Carlos.

—Hasta que tengamos que cargarlos
—protesta Wanda.

Los alumnos de la Srta. Rizos comienzan a apilar ladrillos. Los colocan en fila, uno encima del otro, hasta hacer una torre alta.

—¡Hay que trabajar mucho en esta excursión! —dice Tim.

La clase termina de construir la casa.

—¡Wajuuu! —exclaman todos.

—Ahora tenemos que ponerla a prueba —dice la Srta. Rizos.

—¿Por qué? —pregunta Rita—. ¡Esta casa es súper resistente!

—Según mi investigación, los **ingenieros** no se conforman con que los edificios parezcan fuertes. Los ponen a prueba para asegurarse de que lo son —dice Dorotea.

Entonces, la Srta. Rizos enciende el poderoso ventilador del autobús.

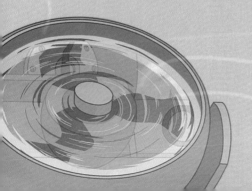

El fuerte viento que produce el
ventilador casi se lleva a los niños.
También derriba la casa.

—¡Ay, no! ¡Está lloviendo ladrillos!
—dice Wanda.

—¡Eso fue increíble! —dice la Srta. Rizos.

—¿Cómo? ¡Eso fue un desastre! —dice Arnoldo.

—Me parece que la Srta. Rizos quiso decir que podemos aprender de nuestros errores —dice Jyoti.

—¡Empecemos de nuevo! —exclama Rita—.
Tenemos que pegar los ladrillos unos con otros.

—Tengo justo lo que necesitamos —dice la
Srta. Rizos.

El autobús produce
un material pegajoso que
parece pegamento.

—¿Goma?
—dicen los niños.

—¡Es **cemento**
mágico! —dice la
Srta. Rizos.

Los chicos toman un ladrillo y lo cubren con cemento.

Después, le colocan otro ladrillo encima. Continúan pegando ladrillos hasta que terminan de construir la casa. Están extenuados.

—Estoy tan cansado que me duelen hasta los cordones de los zapatos —bromea Rafa.

La segunda casa debe ser puesta a prueba. Esta vez, la Srta. Rizos les da a los chicos gafas especiales para ver el viento, y enciende el ventilador.

¡Ay, no! La nueva casa también se cae.

—¡Tenemos que intentarlo de nuevo! Los ladrillos pesados y el cemento no son suficientes —dice Rita.

Pero los chicos están muy cansados. Quieren que se acabe la excursión.

Todos suben al autobús para volver a
casa. El autobús comienza a elevarse.

—Pero, ¡tienen que quedarse a ayudar!
—protesta Rita.

Trata de presionar el botón de
APAGAR para evitar que se marchen,
pero se equivoca.

De repente, Rita y la Srta. Rizos se encuentran solas en el autobús.

¡El botón que presionó Rita convirtió en árboles a los demás chicos y al autobús!

—Bueno, tú querías que se quedaran —dice la Srta. Rizos.

—¡Pero no quería que se convirtieran en árboles! —dice Rita, llorando.

—¡Mira, viene una tormenta! ¡El viento tumbará los árboles igual que derribó nuestra casa! —exclama Rita—. Tenemos que ayudar a nuestros amigos.

—Estarán bien —dice la Srta. Rizos—. Y podremos ver el viento en acción.

El viento sopla y sopla, pero los árboles
se mantienen en pie.

—Pero, ¿cómo es que los árboles son
más fuertes que una casa de ladrillos?
—pregunta Rita.

—Investiguemos —dice la Srta. Rizos.

Rita se pone las gafas especiales.

—Veo que el viento se desvía para
rodear los troncos —dice
Rita.

—Oye, eso hace
cosquillas —dice
Arnoldo, riéndose.

—Tenemos raíces debajo de la tierra.
Ellas nos sostienen —dice Dorotea.

—Y nos **balanceamos** con el viento,
en lugar de caernos —dice Arnoldo.

—¡Súper! ¡El viento no nos puede
tumbar! —dice Dorotea.

Después de la tormenta, los chicos regresan a su estado normal.

Tienen muchas ideas sobre cómo hacer una casa tan resistente como un árbol.

—Debe tener **cimientos** que actúen como raíces —dice Tim.

—Y superficies curvas como el tronco de los árboles —dice Dorotea.

—Hagamos un cemento **flexible** para que la casa se balancee con el viento —dice Jyoti.

El autobús mágico lleva a los chicos
de regreso a la escuela y abre un
hueco para los cimientos de la casa.

Los chicos se ponen a trabajar. ¡Muy
pronto la casa queda construida!

¡Es el estreno de la obra! Rafa está
vestido de lobo. Sopla para derribar
la casa y la Srta. Rizos
enciende el ventilador
del autobús. ¿Se caerá
la casa de los tres
cerditos?

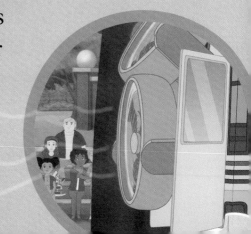

El viento rodea las paredes curvas.

Los cimientos sostienen la casa como si fueran raíces.

El nuevo cemento permite que se balancee.

¡La casa no se cae!

Después, los chicos leen una **crítica** de la obra.

Dice: "No vean la obra. ¡Da miedo y hay mucho viento!".

—¿Quién vendrá a verla con ese comentario? —pregunta Arnoldo.

—¡Todo el mundo! —exclama Rita—. ¡La crítica ha despertado interés por la obra y se han vendido todas las entradas! ¡Lo logramos!

—¡Wajuuu! —grita la clase.

Glosario de la Profesora Rizos

Hola, soy la Profesora Rizos, hermana de la Srta. Rizos. Antes daba clases en la Escuela de Walkerville. Ahora, junto con mi compinche Goldie, hago investigaciones científicas. ¡Siempre me embarco en aventuras para aprender cosas nuevas! Aquí les presento unas cuantas palabras para que ustedes también aprendan. ¡Wajuuu!

balancear: Moverse de un lado a otro.

cemento: Pasta espesa que se usa para unir ladrillos o piedras.

cimientos: Estructura de piedra o cemento que sostiene a un edificio por debajo.

crítica: Artículo de opinión sobre una obra de teatro, un libro o una película.

escenario: Muebles, decorado y fondo de una obra de teatro.

flexible: Que puede doblarse.

ingeniero: Alguien que diseña y construye cosas.